천년의
시 0089

풀밭의 철학

천년의시 0089

풀밭의 철학

1판 1쇄 펴낸날 2018년 11월 12일
지은이 최동희
펴낸이 이재무
책임편집 박은정
편집디자인 민성돈, 장덕진
펴낸곳 (주)천년의시작
등록번호 제301-2012-033호
등록일자 2006년 1월 10일
주소 (03132) 서울시 종로구 삼일대로32길 36 운현신화타워 502호
전화 02-723-8668
팩스 02-723-8630
홈페이지 www.poempoem.com
이메일 poemsijak@hanmail.net

최동희ⓒ, 2018, printed in Seoul, Korea

ISBN 978-89-6021-398-2
      978-89-6021-105-6 04810(세트)

값 9,000원

풀밭의 철학

최 동 희   시 집

천년의
시작

시인의 말

드디어 묵은 시간을 체 친다
체를 고르는 일부터 쉽지 않다
촘촘하게 거를지
엉성하게 밭칠지
튼튼한 쳇불은 나를 압도한다
속절없이 체를 통과하는 날들과
엉거주춤 그대로 있는 기억들
어느 것을 남기고
어느 것을 보내야 하는가
온종일 체질을 하며
이리 흔들리고 저리 움직이는 마음

겨우 체질을 끝내고
소박한 밥상을 차린다

조미료는 아예 넣지 않아
맛이 어떨지는 모르겠다
그저 군내만 없기를 바랄 뿐

시를 쓸 때마다 빚을 지는 기분이었다
언어와
사랑하는 남편과 딸, 존경하는 부모님
학교 식구
그리고 달섬
당신들께 감사를 담아 첫 시집을 바칩니다

2018년 가을
최동희

차 례

시인의 말

제3부

제4부

해 설

제1부

줄다리기

오늘은 팽팽했다

숨어있던 힘까지 불러낸 덕분에

확 끌려가진 않았다

땀범벅이 된 안도

당겨오기도 끌려가기도 싫다

언제라도

공정한 중심을 이동시키고 싶지는 않다

서로 있는 힘을 다해

줄다리기를 하다 보면

나도 아니고 너도 아닌

바람이 바람과 줄다리기를 하는 날이 있다

나누기 나머지

처음 나누기를 배워 재미있을 땐 그랬지
몫으로만 정확하게 나누어져
군더더기 숫자가 없으면
어찌나 통쾌하던지
제수除數보다 작아 나머지로 남은
그 겸연쩍은 숫자들이 서성이면
어찌나 언짢던지

나누기에 심드렁해질 무렵
알게 되었지
나머지 없는 나누기가 더 힘들다는 것을
세상에는 몫으로만 나누어지지 않는 것들이 너무 많아
결국 나누기엔 정답도 오답도 없다는 것을
오히려 몫으로만 남은 나눗셈은
살짝만 건드려도 부서진다는 것을
나눗셈을 하는 순간 피제수가 없어지는
나누어서는 안 되는 삶도 있다는 것을
무슨 꼬리표 같은 나머지가
사실은 사람살이에 웃음을 준다는 것을

나누기에 셈이 나다 보면
나머지는
제수보다 작아 몫에 모자라는 것이 아니라
이따금 몫에 얹는 살가운 덤이라는 것을
알게 된다네

즐겨찾기

인터넷을 켜고
즐겨찾기를 클릭하면
편리한 일상의 목록들이
일렬종대로 동시 입장을 한다
결코 다툼 같은 것은 없다

클릭 한 번이면
언제나 문을 여는 상냥함
한동안 눈길 주지 않아도
불평 없이 제자리를 지키는
묵묵한 믿음

붙박이 주전이라고 우쭐대지도 않고
예고 없는 퇴장에도 유치한 뒤끝 없고
느닷없는 새 식구에도 무던히 너그러운
천만다행으로 나 닮지 않은
속 깊은 동반자

인터넷을 켜고
즐겨찾기를 클릭한다

변함없이 공손한 목록들은
튼튼한 뼈마디로 엮여
저희들끼리 사이좋게 안녕하다

평행선의 공포

줄 긋기를 해보면
평행선 그리기가 가장 어렵다
좀처럼 똑바로 그어지지 않는
까다로운 선

가끔
선명한 평행선을 긋는
사람이 있다

마음이 부딪치고
말이 튕겨져 나가는
한랭전선의 팽팽한 긴장감

평행으로 완고한 두 직선은
언제까지나 서로에게
수직으로 선 절벽이다

소실점의 상식으로는
이쪽도 저쪽도 물러서지 않는
느릿한 공포의 침묵

지금은
조심스러운 보조선을 그려
강렬한 직선으로 엉클어진 문제를
풀어볼 때이다

사랑 그리기

아이들이 막대기를 들고
운동장에 하트를 그리고 있다
아니, 하트를 파고 있다

사랑이 아프기도 한 것이어서
막대기로 긁어 파는 것이
결코 잘못된 건 아닐 터이다

아이들이 하트 안에다
이름을 쓴다
하트의 행복한 주인공이다

사랑이 구속이기도 한 것이어서
하트에 이름 가두는 일이
그리 화나는 건 아닐 터이다

아이들이 오도카니 앉아
낄낄거리고 있다
사랑 때문에 사람 때문에

물수제비에서 배우다

작은 돌멩이가
물 위를 통통 튀어나가면서
가까운 순서대로
커다란 원이 점점 퍼지다가 사라지고
조금 작은 원이 퍼지면서 사라지고
더 작고 희미한 원이 퍼지는 듯 사라지고

사는 것도 그럴 것이다
기쁨이든 슬픔이든
큰 원으로 다가왔다가
제풀에 다 풀어져
흔들리던 지름이 없어진
잔잔한 강으로 흐르는 것이리라

조금만 멀리 보라
잠깐만 기다려보라
크기조차 버린 평화가
고요한 강으로 돌아온다

기울기

산다는 건
기울기와의 끊임없는 싸움이다
기울기 값에 따라 사는 맛이
밋밋하기도 하고 맵짜기도 할 뿐

세상의 기울기와 내 기울기가
합동으로 포개지면 참 좋겠지만
이런 일은 아무래도 쉽지 않아
그저 실랑이나 덜 했으면 할 뿐

산다는 건 끝까지
적정 값 기울기 찾기이다
기울기가 너무 없는 삶도 매력이 없고
기울기가 너무 심한 삶도 호감이 안 간다

한순간도 소멸되지 않는 기울기가
나를 깨어있게 하는 힘이기도 해서
마음 바로 세우고
비스듬한 중심을 잡는 일이 중요할 뿐

그림자 스트리킹

속마음을 숨기고 꼭꼭 숨으라는 술래를 믿고 술래잡기하
던 아이들이 저녁밥을 먹으러 가자 내내 몸을 비틀며 키득거
리던 그림자가 갑자기 옷을 벗기 시작했다

한 사람이 느릿한 걸음으로 걸어 나와 커다랗게 확장된 동
공으로 아이를 찬찬히 들여다본다 눈, 코, 입, 그리고 머릿
속, 등뼈, 살갗까지
청진기를 들이댄다 내장지방 속에 꼭꼭 숨은 불규칙한 소
리를 찾는다
아이는 이내 숨기를 포기하고 최대한 협조 중이다

뱀은 허물을 벗어놓고 어디로 갔을까
눈이 맑아진 뱀이 그림자를 물고 달아나자
깃발을 앞세운 통증이 등마루를 타고 몰려온다
아이를 탐색하던 사람
내 안으로 성큼 들어온다

마트에 가는 이유

이런 기분이었을까, 왕은
하룻밤 수청 들 예쁜 궁녀를 고를 때

보다 많은 것들 중에서
더 좋은 것을 고를 수 있다는
확률의 황홀한 유혹

내가 버린 사과는 누군가가 고르고
누군가가 버린 사과는 내가 고르는
선택의 무한한 자유

늘 분모가 거대한 마트엔
화수분 축복이라도 있는 듯
모두가 흐뭇한 셈을 하고

어차피 내가 가질 수 있는 것은
그중 나은 것일 뿐인데도
한껏 우쭐한 얼굴을 하고

애초에 우월한 입장은 없다

삶도 그렇다
그중 조금 나은 것을 찾는 것일 뿐

오늘도 난 마트에 간다
고르는 재미에 푹 빠져서

스마트폰도 힘이 들어

100으로 충전하고 잠이 들었는데
일어나 보니 87이다
내 몸무게처럼 아침마다 줄어있다
나야 밤마다 이루어지지 않는 꿈을 꾸느라
애를 먹어서 그렇다지만
스마트폰도 꿈을 꾸나, 혹 무서운 꿈을
그럴지도 모르지
그 조그만 몸에 드센 세상 다 업었으니
어디 밤중인들 맘이 편할까
못난 아들이 가난한 부모를 험하게 죽인
누가 누구에게 부당하게 얼마를 주고 얼마를 받은
단일민족 북한이 우리 정부와 몇몇 언론사를 협박하는
스페인의 장기 국가신용등급이 BBB+로 2단계나 낮아졌다는
낮에 있었던 만만찮은 사건들이
불면증을 일으켰을지도 모를 일
홀로 긴 밤 내내 진땀을 뺐나 보다
미안하고 걱정스러워
잠결에 몇 번이나 네 이마를 짚었는데
열은 없더구나, 다행인지 불행인지
오늘부터 네 몸에서 배터리를 빼야겠다

차라리 꿈 없는 밤이
너를 참하게 살찌우지 않을까
그리고 이제부터 나도
꿈길 고르고 단잠에 빠져야겠다

이름

컴퓨터 자판으로 제 이름을 잘못 쳐서
뜻하지 않게 타인이 되기도 하고
억울하게 존재하지 않는 사람이 되어본 적
있나요
저는 잠깐씩이긴 하지만
자주 '최도희'로 살기도 하고
가끔은 '췬오희'로 사라지기도 해요
힘도 들이지 않고 변신을 할 때마다
막연한 걱정에 빠지게 돼요
그레고르처럼 벌레가 되는 건 아닌지

이름을 이상하게 칠 때마다
한편으론 낯설고 한편으론
그런 이름을 가진 이가 정말로 있나 해서
네이버 인물 검색을 해보죠
'췬오희'는 없어도 '최도희'는 있더라고요
나는 '최도희'들과 무슨 인연이 있어
뜬금없이 그네를 불러내고 있을까요, 그것도 종종
'최도희' 이름으로 뜨는 블로그며
카페, 웹 문서, 뉴스 등을 한참이나 돌아다니다

화들짝 놀라 지워버리곤 급하게 안도하게 돼요

무심결에라도 개명은 싫어
자판을 찬찬하게 짚어요
자음 하나 모음 하나 흐트러뜨리지 않고
온전한 이름으로 불러내요
길을 잃고 헤매다 겨우 목적지를 찾은 아이처럼
갑자기 기세등등해진
진짜배기 낯익은 내가 있어요
요즈음 내가 좀 맞갖잖아도
이름자를 잘못 칠 일은
아니에요

피카소의 「우는 여인」*

가슴이 와르르 무너지는 지점이 있다
슬픔이 절정에 다다르면
더는 무게를 견디지 못하고
주저앉아 버리는 것이다

깊이를 빼앗긴 평면으로는
견고한 아픔을 말할 수가 없다
부서지기 쉬운 입체로 숨어있는
울음을 찾아야 한다

참아도 터지고야 마는
닦아도 감춰지지 않는
사랑하는 여인의 눈물은
일그러진 얼굴보다 아름답다

예쁘게 울 수는 없다
진실은 거리낌 없는 것이어서
격렬하게 해부된
비명일 수밖에 없다

* 「우는 여인」: 피카소의 그림.

귀천 유감

하늘로 돌아간다는 말은
중력에 반하는 거짓말이다

죽음은 꼭대기로 오르는 것이 아니라
가장 낮은 곳으로 내려오는 것이다
모든 죽음은
최젓값으로 완성된다
하늘을 날던 새도
제 몸을 마지막으로 눕히는 곳은
하늘이 아니다
하늘을 향해 자라던 나무도
한바탕 세상을 떠돌다가도
끝내 땅으로 안착하지 않는가

하늘로 돌아간다는 말은
죽음을 거부하는 쿠데타다

거꾸로 숫자 세기

유치원에서 숫자를 배운 아이가
손가락을 꼽아가면서 순서대로 세기 시작한다
하나아 두울 세엣 네엣…… 열 정도는 문제없다
자랑스럽게 커지는 숫자가 키득거린다
밖으로 놀이 나온 숫자들이 공중제비를 넘는다
뒤집어진 숫자들이 아우성이다

TV 화면 속에 낯익은 연예인이 번지점프대에 서있다
진행자가 '셋, 둘, 하나' 거꾸로 숫자를 센다
점프대 끝에 발을 모은 도전
숫자가 줄어들 때마다 점점 깊어지는 수직의 갱坑
몸을 던져 서독으로 간 광부는
어머니께 보낼 쌀과 동생에게 줄 등록금을 캤다는데
허공을 나는 비명 속에 광부의 눈물이 흩날린다
폭포 줄기로 떨어지는 투명한 통증
시커먼 목숨을 지키기 위해
아침마다 땅 밑으로 가서 젊음을 버리고 온
그들의 가난에는 잘못이 없다

어른들은 가끔 숫자를 거꾸로 센다

거꾸로 수를 셀 때의 외로운 떨림
작아지고, 작아지고, 작아지다가
드디어는 0이 되는 순간
하강의 꼭짓점을 찾아낸 번지점프는
아주 잠깐이지만 천 년 같은 기억상실증을 앓고서야
자꾸 잃어버리는 시력을 되찾는다
그제야 빨갛게 물든 단풍에서 동풍이 부는 걸 본다

'-들'의 슬픔

9시 뉴스 앵커가 건조한 목소리로
중국 쓰촨성 지진 소식을 전하고 있다
사람들이 죽었단다(몇 명이나?)
건물들이 무너졌단다(얼마나 많은 건물이?)

누가 죽은 건 중요하지 않아
어느 집이 무너졌는지도
그림으로 만나는 슬픔엔
복수형의 충격만 있을 뿐

목덜미가 서늘하다
고개를 흔들며
복수형이 주는 거북한 안도감에서
슬그머니 몸을 뺀다

'-들' 앞의 것들이 갑자기
몸을 반듯하게 세우고 긴장을 한다
들들들 들들들
깜짝 놀란 여진이 달아난다

메마른 바람이 지나가자
'–들'을 깨끗하게 털어낸 겨울나무가
자꾸만 덜컹거리는 하늘 아래
꼿꼿하게 서있다

제2부

오수獒樹의 현실

술 취한 주인을 불길에서 구하고
죽은 의로운 개는
김개인이 꽂아둔 지팡이와 함께
오수의 들불 같은 전설이 되었다

비각 안에서 어슴푸레해진 의견비와
요즘 세운 매끈한 의견상이 의좋게
오수리를 지키고 있는데

천 년을 건너와 마주앉은 보신탕집은
오늘, 성업 중이다

이미 생사를 떠난 오수에 느티나무가 쓰러져 있다

봄 조심

나의 봄은 늘
꼭꼭 씹지 않고 먹은 음식 때문에 울렁거리는 속처럼
시작된다

겨울 그림자를 붙들고
고집스러운 맴돌이를 하다
노란 먼지 멀미 중인 날 보란 듯이
지독한 어지럼증을 이기고
건강한 민낯을 살짝살짝 흔들며
발끝 시린 대지에 승리의 깃발을 꽂는 봄

맨발로 첫나들이 나온 봄은
두려움일랑 아예 없어 보여
아직 속이 진정되지 않은 나는
이 봄이 버겁다

조심할 것이 많은 사람살이
힘이 넘치는 봄도 조심해야 한다
조심조심 조심

오래전에 맞은 매 자국처럼 남아있는 추위가

나의 봄을

긴장시키고 있다

경고

천년 고도 경주가 흔들렸다
바람도 없는데 흔들린다는 건
얼마나 두려운 일인지

별자리가 출렁이며
갈라지고 떨어지고 부서지고
오랜 묵언수행의 금기가 깨지고 있다

살다 보면
침묵을 끝내야 할 때가 있다
내내 혼잣말로 중얼거리다가
야무지게 한마디 해서
산천초목조차 떨게 할 필요가 있다

고개 들고 서있던 사람들이
겁에 질려 납작하게 엎드리고
비명마저 울렁거린다

실핏줄을 타고 흐르는 진동이
착하디착한 심장을 조여온다

집을 버리고 거리로 뛰쳐나오는 공포

늘 바람 속에서
내가 나를 흔들며 살아왔기에
바람도 없는데 그냥 흔들린다는 건
얼마나 낯선 일인지

지금 경주는 확실한 경고 중이다

길 위의 커피 한 잔

광화문 새문안교회 앞 가판대
키 작은 할머니가 늦은 점심을 마치고
커피 끓일 물을 불 위에 올리고 있다
차가 지나갈 때마다 퍼붓는 바람을
새까만 매연에 얼룩진 가림판으로 막고
물이, 7월의 더위 속에서 끓는다
달달한 믹스 커피 한 봉지에
흥국생명 빌딩 앞 시위대의 쓰디쓴 구호를
휘휘 저어
고단한 식도로 넘기며 짓는 천국의 미소
한 사람의 삶이 출렁거린다

아파도 살아야 하고
화나도 살아야 하고
억울해도 살아야 하기에
길에서 하는 식사일지언정
커피 한 잔까지 생략하지 않는
수수한 호사가 필요하다

큰 목소리로 사용자의 부당함을 고발하던 시위대가

붉은색 노조 조끼를 방패 삼아
지친 듯 제멋대로 길 위에 쓰러져 있는데
그새 커피 마시기를 끝낸 할머니는
껌 한 통을 팔고
조용히 거스름돈을 세고 있다

어느 날 종로3가에서

그들은 추억이 있는 곳으로 갔을 뿐이다
바람 든 무처럼
제 몸에 어설픈 구멍을 뚫고
기다리는 사람도 없는 그곳으로
살아있음을 증명하러 간다

가끔 옛날 영화를 본다
더빙된 성우의 목소리로 전해지는
어색하고 엉성한 이야기들
화면을 가득 채운 빗줄기를 타고
그들의 반짝이는 추억들이 흘러내린다

유행을 타지 않는 옷들은 힘이 없다
오늘이 어제를 나무라고
초조한 내일은 퉁명스럽기 짝이 없어
내리쏟아지는 여름 햇살에
감았던 눈을 뜰 수가 없다

바람은 늘 한쪽 방향으로만 분다
바람은 강물을 밀치고

강물은 그들의 등을 깎아내며
그곳으로 몰아붙인다
종로는 지친 연어들로 언제나 붐빈다

얼룩의 비애

자동차가 웅덩이 물로 나를 치고 간다
가슴 한편에 웅덩이가 팬다
점점 깊어진다
짙은 통증
나는 멍하니 서있고,
웅덩이를 달고 달리던 자동차가 사라지자
웅덩이의 물들이 이내 고요해진다

주목받지 못한 상처들은
엉거주춤 넘어져 있다가
생각보다 천천히 몸을 추스른다
울지 않는다
눈물이 나지 않는다

웅덩이를 헤치고
간신히 목구멍에 도달한 기호들이
의미를 꿰매어 소리를 만든다
어떤 이는 신음이라 하고
어떤 이는 고함이라 하는데
어떤 이는 아무 소리도 들리지 않는다 한다

다시 자동차가
웅덩이 물로 나를 치고
소리를 끌고 가버린다
힘없는 얼룩만 선명해진다

겸상을 차리다

칸막이가 된 1인 식당에서
허기진 식욕이
안성맞춤 진수성찬을 받아 든다
씩씩한 수저로
기운 없는 외로움을 버무려
시간을 먹어치우지만
어제 점심도 오늘 저녁도
그대는 만성 영양실조다

혼자서 먹는 밥은
밥이 아니다
그저 끼니를 때우는
비겁한 습관이다

괜찮다면
그대의 쓸쓸한 빈속을 위해
소화 불량으로 핼쑥해진 맛을 다독거려
소박한 겸상을 차리고 싶다

마주 앉아 나누는 음식엔

친밀한 온기가 있다
아득해진 추억이 밀려오고
스쳐 가던 발자국이 슬그머니 머물러
좋은 사람과 함께한 밥상은
그야말로 진수성찬이 된다

다저녁때 풍경 셋

1
누구라도 그냥 지나칠 것 같은 길목을
지키고 있는 우리 동네 작은 삼겹살집
촐촐한 저녁이건만 고기를 구운 흔적이 없다
과묵한 출입문은 아주 말을 잃었나 보다
TV 일일 연속극이 속없이 깔깔거리는 홀
앞치마를 두른 주방 아줌마 둘, 주인장쯤 되어 보이는 남
자 하나
어깨를 말아 앉은 옆얼굴에 얼룩이 졌다
저들은 장사거리로 얼마나 마련해 두었을까
돼지고기 삼겹살 몇 근, 상추며 깻잎, 쑥갓은 또 몇 상자
열리지 않는 냉장고는 심장을 얼리고 있다
삼겹살 1인분 7,000원, 항정살 1인분 8,000원
벽에 걸린 차림표는 이미 참선 중이다

2
지하철 3호선 연신내역 6번 출구 앞
손주들 과자 나부랭이라도 사주면 좋지
직접 캤다는 쑥이며 돌미나리 파는
일산에서 오셨다는 머리 하얀 할머니

서울만큼 약삭빨라진 일산 어디쯤에서 캤을까
할머니 마음대로 값이 매겨진 나물들
포장마차 어묵국 냄새가 발길 붙잡는 시간
저녁 떨이로 잽싸게 팔아치우는 내공
만 원짜리 4장, 천 원짜리 7장 그리고 동전 몇 개
할머니 장사는 대박이다

3
'당일 조리, 당일 판매'
당일치기만 하는 우리 동네 반찬 가게
2,000원짜리, 3,000원짜리, 5,000원짜리
모두 '넝굴당'의 김남주 백입니다
인기 폭발입니다
오늘도 완판입니다

100세 시대의 애환

진시황의 허황된 꿈은
죽음의 숙명에 대한
가장 진실한 함수이다

생로병사의 끄트머리에서
어떻게든 마지막을 미루는
정직한 발버둥

장하게 이루어낸 100세 시대
30년을 벌어 70년을 살아야 하는
계산이 안 되는 살벌한 도박

알량한 연금으로 버텨내는 늙음은
U턴도 도돌이표도 없는 시간에
담보도 없이 저당 잡힌 몸이 된다

오래 사는 것이 때론 형벌인
100세 시대의 황당한 모순 앞에
노인의 지혜는 서글프다

그래도 브레이크가 없는
장수에 대한 욕망은
한 번도 양보를 해본 적이 없다

가시

극한의 갈증과 추위를 이기기 위해
잎을 가시로 진화시킨 생명력
가시는 선인장의 갈망이다

남과 북으로 엇갈린 세월은
서로에게 따가운 가시로 남은 통증
상처는 남북의 꿈이다

남북을 오르내리는 전선前線 따라
선인장의 갈망도 우리의 꿈도
이내 만신창이로 쓰러질 것 같지만

가까이 다가가 보라
어제의 가시를 부러뜨려 버리고, 다시
더 튼튼한 가시를 준비하는 선인장을

자세히 들여다보라
수십 년 덧나기만 하는 상처도, 실은
건강한 새살이 돋아나려고 늘 근지럽다는 것을

부끄러움에 대하여

아담과 이브는
선악과를 따 먹고
벗은 몸을 가렸다

그리고

윤동주는
잎새에 이는 바람에도
괴로워했다

이제
아담이기를 거부하고
더구나 시인은 아닌
이 시대의 인류에게
부끄러움은 오지에서 발견되는 공룡 화석일 뿐이다

선악과를 팔아 면죄부를 사고
잎새 바람쯤이야 방한복 아니어도 막을 수 있는
똑똑한 우리들은
'부끄러움'이란 단어를 사전에서 지워버렸다

어떤 그림

산을 높이 오를수록
사람 사는 곳이 점점 아득하게 보인다
저마다의 형체와 빛깔이 망가져
물감이 옅게 번진 그림처럼
대관절 아늑하다
갈라진 벽 틈을 파고드는 바람도 보이지 않고
배추를 뽑아내는 농부의 탄식도 들리지 않고
위로가 필요한 사람들의 축축한 손도 잡을 수가 없다

산을 천천히 내려가면
누더기 진 하늘이 갑자기 눈을 가린다
궁색한 모양과 얼룩진 색이 드러나
몽당연필로 눌러쓴 글씨처럼
도대체 허술하다
삐걱거리는 문을 여닫는 해쓱한 얼굴들이 보이고
두꺼운 옷을 입고도 덜덜 떠는 소리가 들리고
굳은살 딴딴한 이웃들의 어깨도 도닥거려 볼 수 있다

아무렇게나 자란 풀더미 헤치고
조금 더 가까이 다가가

웃음도 섞고 눈물도 나누면서
억척스러운 그림 속으로 들어가 보자
높은 곳에서는 만져지지 않는
뻐근한 아픔과 쏠쏠한 즐거움에
자꾸만 어지럽다

세대 차이

발끝을 세워서 보아도
똑똑하게 보이지 않을 때
혹은 아예 아무것도 보이지 않을 때
마음에 혹이 생긴다

보는 곳이 다르고
좋아하는 것이 달라
자주 불연속면으로 만나는
불안한 동거

'알 수 없어, 이해가 안 돼'
물 반 고기 반인 강에서
찌가 움직이지 않는 낚시 같은
갑갑한 노여움

시간은 언제나 누구 편도 들지 않는 법
서로를 야무지게 밀친들
같은 좌표 안에 있어
우세승은 있을 수가 없다

어차피 표준편차가 0인 세상은 없다
어느 쪽이든 중간에서 덜 멀어지는 게
힘겨운 공존의 공식이다
손이라도 내밀어 볼까

약점

휴대전화를 바닥에 떨어뜨리곤 기겁을 한다 휴대전화의
얇은 세로 부분으로 추락하면 아주 못 쓰게 된단다 유리문은
가운데를 치면 덤덤한데 각진 모서리를 치면 맥없이 주저앉
는단다 필시 생명선을 건드린 탓이리라

손바닥에 그어놓은 실금처럼
아슬아슬한 약점은
들키기 좋게 되어있고
들키면 둘 중의 하나가 된다
치명상을 입고 회생 불능으로 넘어지거나
강력한 백신이 되어 면역력을 높이거나

온몸이 급소인 우리네 삶은
천둥소리보다 무서운 것이 아버지 한숨 소리이고
땅이 갈라지는 일보다 심각한 것이 친구 사이가 벌어지
는 일이고
뉴욕 증시의 주가 폭락보다 민감한 것이 마트의 물가 상
승이다

허점투성이인 하루하루

약삭빠른 셈하지 말고
허술하게 사는 게
가장 안전한 선택일지도 모른다

겨울 채비

오랜 시간 아프다 보면
짧은 가을볕에 장바닥을 뒹구는
시든 배춧잎만 봐도
덩달아 풀이 죽고
겨우 몇 군데 작은 구멍이 난
벌레 먹은 배춧잎만 봐도
속절없이 너덜거리는 몸뚱이가 된다
듬성듬성 눈발이 날리는데도
차가운 밭에 그대로 누운 배추처럼
오래오래 몸 일으키지 못하다 보면
겨울 채비 끝내고 남은 싱싱한
배춧잎 쌈 한 장에도 울컥하여
차마 먹지 못한다

제3부

유혹

아무도 모르는 곳에 숨고 싶을 때가 있지
찾으려 해도 찾을 수 없는 곳으로
훌쩍 몸 감추고 싶을 때가 있지
익숙한 이름들을 슬쩍 벗어놓고
시간조차 멈추어버린 아득한 진공 속으로
둥둥 떠가고 싶을 때가 있지
징그럽게 감아 죄는 소리들을 떼어내고
홀가분한 걸음으로 사라지고 싶을 때가 있지
무수한 나의 기억과 그대의 추억을 건너
뽀얗게 행방불명되고 싶을 때가 있지

그리고 사랑하는 사람들이
인연의 빚 갚음으로 얼마쯤 나를 찾다가
서서히 나를 잊기 시작하면
비로소 나는 그대들의 나를 버리고
세상을 탈환하고 싶다
새 깃발을 꽂고 걸음마부터 다시 배우고 싶다

말

말을 유난히 많이 한 날엔
늘 내가 사라진다
말 조각처럼 육신이 부서져
눈은 눈대로 귀는 귀대로
손이 닿지 않는 곳으로 달아나
나는 처음부터 없던 것이 된다

말이 말을 불러
한바탕 잔치를 벌인 날
손님 떠난 자리처럼
나도 속속들이 텅 비어
스쳐 지나는 바람에 멀리멀리 불리고 말아
나는 이제부터 없는 것이 된다

나는 없는데
이미 숨이 없어진 말은
습관처럼 나를 찾아 허공을 떠돌다
사람마다 생채기를 내고
스스로 쓰레기 더미가 되어
마지막 통곡을 한다

말을 유난히 많이 한 날엔
나도 죽고
말도 죽어
세상엔 부끄러운 죄밖에 없다

반성

종일 기대고 있으면서도
속마음 재어보고
말에서 뼈를 고르는
미움은 아닌, 그러나
한없이 허전한 일상

처음 본 백담사행 버스 기사는
살가운 표정도 아니고
미더운 말 한마디 없는데도
그 험한 길 순순히 맡기는
알 수 없는 쓸쓸한 믿음

부서질 듯 뿌연 수심교修心橋
너머 천년 도량
사람이 곧 부처니
돌아앉지 말란다

그래도 마음 흉하게 돌아가면
차라리 먼발치로 선
저 산처럼 무심하든지

그림자 떨어뜨리고 멀리 나는
저 새처럼 말을 버리든지

바람 스치는 백담사에서
무너지지 않는 돌탑을 쌓는다

제비꽃

작은 꽃이라고 얕보지 마라
제 꿈을 위해 당당하게 선
저 거짓 없는 얼굴을 보라
묵은 대지를 들어 새로운 하늘을 연
보랏빛 뚝심을 보라
바람에 흩어지는 향기 없이도 발길 붙잡는
요염한 눈짓을 보라
억센 줄기도 없이 기어코 꽃자루 올리는
지독한 몸부림을 보라
작은 꽃이어서 더 사랑할 수밖에 없는
제비꽃, 얕보지 마라

풀밭의 철학

아무리 봐도 잡초 하나 없다
잡초 한 뿌리 거두지 않는 땅엔
함부로 발을 딛기가 어렵다
볕 자락을 마르고 바람 조각도 재서
꼭 필요한 만큼만 부려
한 치의 틈도 없을 게 분명하다

나는 그다지 까다롭지 않고 싶다
나보다 먼저 자라는 잡초들 틈에서
애써 키 재기 하지 않고
그냥 그네들과 어우러져
때로 섣부른 볕에 잔뿌리로 뒹굴기도 하고
지나가는 바람에 맨살을 부딪치기도 하면서

한결 엉성해진 풀밭에
잡초들의 자유가 푸르다

풀을 뽑으며

참 모질기도 하지
그렇게 목숨 거두어야 할 일인지
별 힘도 들이지 않고
뿌리째 움켜잡아
흔적처럼 붙은 흙마저 털어내는
지독한 야박함

드문드문 섞여 있어서
제 아끼는 꽃 행여 가릴까 해서
처음부터 괜스레 마땅치 않아
머리고 다리고 사정없이
그저 밉상이라
뽑혀지는 저 억울함

살다 보면
너나없이 풀인 것을
힘도, 가진 것도 없는
이름 없는 풀인 것을
이내 저도 뽑힐 줄 모르고
풀을 뽑는 슬픈 부지런함

차갑게 떨어지는
가을비에 깜짝 놀라
명아주 잡았던 손
놓아버린다

변명

내 고민은 항상
이쪽과 저쪽 사이에 있다
이쪽은 이쪽대로 몸을 세우고
저쪽은 저쪽대로 키를 높여
저들끼리 힘겨루기를 하고
난 이리 갔다 저리 갔다 하다가
늘 그 사이에 끼어 꼼짝도 못한다

내 고민은 항상
이쪽도 저쪽도 아니라는 데 있다
이쪽은 이쪽대로 맘에 안 들고
저쪽은 저쪽대로 성에 차지 않아
저들끼리 맞수 다툼을 하고
난 그 사이에서 숨이 막혀
몸을 틀어볼 생각도 못 한다

덕분에 언제든
내 잘못은 딱히 없는 셈이어서
묻지도 않은 핑계를 대며
슬그머니 안도한다

한 번도 아파본 적이 없는 사람처럼
한 번도 슬퍼본 적이 없는 사람처럼
찬란한 고민만 한다

버킷 리스트

다 그만두고
나는 안중에도 없이 자유 항해 중인
나를 모조리 거둬들이고 싶다

구글에 비무장으로 생포되어
탈출하지 못하는 흔적들을
완전 삭제하고 싶다

온전한 죽음이란
아무것도 남기지 않고
모두에게 잊히는 것이어야 한다
어딘가에 남겨진 자국으로
자꾸만 부팅되지 않는
완벽한 상실이어야 한다

죽어도 죽지 않는
사이버 미라 시대
구글에서
확실하게 잠적하고 싶다

요즈음 나

바코드 속에 견고한 책이 있다
리더기가 뒤꿈치에 닿는 순간 무장해제되는
조촐한 유가증권

카드가 리더기에 들어가서 나를 불러낸다
순종적인 나는 1초 만에 냉큼 나온다
IC칩 속에서 조용히 있다가
공손하게 책값을 계산하고
'나'를 자~알 확인한다
'최 동 희'
채 채 채 책
영수증이 출력되고
나는 IC칩으로 안전하게 귀환한다

몸값을 지불한 책은
완료형 수동태로 누워 거만하다
네 맘대로 해봐
몸을 더듬는 착한 노예가 된 나는
또 첫날밤을 치르고 있다

눈치

왕십리역에서 내리려고 자리에서 일어나자
내 앞에 서있던 젊은이가
기다렸다는 듯 그 자리에 앉는다
내 앞에 있었던 것이 운 좋은 일이어서인지
내가 이쯤에서 일어나리라는 선견지명이 맞아서인지
아니면 그냥 다리 안 아프게 되어서 다행인지
환한 얼굴로 앉는다
잠시 내 자리였던 곳에서 뿌듯하게 웃고 있는 젊은이
물끄러미 바라보다가 지하철에서 내린다

자리에서 조금 일찍 일어났으면
저 젊은이가 더 좋아했을까

둔탁한 후회가 플랫폼을 빠져나간다

나는 눈치도 없이
너무 질기게 앉아있었나 보다

뜨거운 바람이 뿌옇게 흘러내린다

거미

내가 없는 동안 내 집엔 거미가 살게 되었다

곳곳에 정교한 바리케이드를 치고 모습을 감춘 채 음산한 분위기로 나를 위협한다 완전히 불법 침입자 취급이다

갑자기 낯설어진 내 집에서 당황한다 말없이 나를 몰아내고 내 집을 차지한 뻔뻔함에 어이가 없다

나도 전열을 가다듬고 바리케이드를 제거한다 잠복 중인 거미는 끝내 나를 외면한다 이기고도 진 듯한 기분 나쁜 느낌이 몸 전체를 친친 감는다 마지막으로 한 번 더 온 집 안을 샅샅이 수색해 본다 그러나 적은 이미 레이더망을 빠져나간 것 같다

거미 찾기를 포기하고 무책임한 창문을 연다 연한 바람이 불어오고 봄 햇살이 무심한 척 어깨를 토닥인다 발끝까지 전해지는 온기에 온몸이 떨린다 엉성했던 뼈마디마다 채워지는 향기가 탄탄하다

나 없는 동안 내 집에서 살아준 거미가 잘못한 게 무엇일까 문득 거미가 숨어버린 게 참으로 다행이라는 생각이 든다

마트료시카*를 위하여

어느 날 러시아에서 온 마트료시카는

밤마다

숨겨 두었던 제 몸을 하나씩 꺼내어

제 몸 크기만큼씩 작아지다가

가장 작은 모습으로 어둠을 지켰을지도

그리고 아침이 채 밝기 전에

꺼내 놓았던 몸을 하나씩 추슬러

제 몸 크기만큼씩 커지다가

아무 일 없었다는 듯이 속사정을 감추고 있을지도

음식에 따라 몸이 커지기도 하고 작아지기도 한 이상한 나
라의 앨리스는 슬펐을까

햇빛 아래 설 때마다

살갗이 떨어져 나가

나는 지금 얼마나 작아진 것일까

충분히 작아진 것일까

어쨌든 나는 늘 지금이 최댓값으로 크고

그만큼 불안하다

새벽에 일어나 보니
한껏 작아진 마트료시카가
더는 작아지지 않으려는 듯 완고한 표정을 짓고 있다
나는 모르는 체 눈을 감는다

* 마트료시카: 러시아 전통 인형으로 인형 안에 작은 인형들이 여러 개
  들어있는 형태다.

참새에게 하는 변명

다북쑥 사이에서 모이를 찾다가
내 그림자가 덮치자 곧바로 날아오른다
그러곤 그림자가 없는 자리로 옮겨 앉는다
무게도 표정도 없는 그림자만으로도
참새에겐 위협이 되는 모양이다

생각해 보면
난 참새보다 얼마나 무시무시한가
작은 생존을 으르는 비겁하게 큰 몸
단지 날지 못한다는 이유로는
참새를 설득할 수가 없다

제가 생각한 안전거리만큼 날아가
다시 모이를 찾는 참새에게
자꾸만 자꾸만 미안해진다
나는 너를 해칠 생각이 없었다고
혼잣말로 중얼거린다

냄새와 향기 사이

부지런한 아저씨가
아침 햇살을 어깨에 걸고
뿌리째 잡풀을 뽑아 한옆으로 던진다
말없는 비명이 눕는다
제초기 칼날에 몸이 베인 풀들이
시퍼런 얼굴로 넘어진다

무력한 생명의 진한 분노
풀밭을 진동하는 비린내가
아침 공기를 폭식하고
한동안 씩씩거린다

엉겁결에 목숨 부지한 풀들이
살짝 고개를 든다
건재함의 확실한 증거

삶과 죽음의 갈림길에서 만나는
향기 또는 냄새
딱 한 끗 차이다

양심의 형식

필통을 뒤적이다 뾰족하게 깎아놓은 연필심에 엄지손가락 손톱 밑이 살짝 찔린다 피도 안 나고 이렇다 할 상처도 없는데 얇은 통증이 있다 순간, 손톱 끝부터 몸 전체로 전해지는 무언의 진통 나만 느끼는 아픔이다 나만 아프다가 그 누구에게도 들키지 않고 잊어버릴 사건이다 순전히 나만의 문제다

지하철 역 10m 이내에서는 담배를 피워서는 안 된다 어기면 과태료 10만 원을 내야 한다 입에 물려던 담배를 황급히 다시 바지 주머니에 넣는 아저씨와 누군가 바닥에 버린 10만 원짜리 꽁초가 괴로워하고 있다 담배 광고가 겸연쩍은 듯 버스에 매달려 도망을 간다

시간이 급해서 장애인과 노약자를 위한 지하철 엘리베이터를 탄다 지하든 지상이든 도착할 때까지 고개를 들지 못한다 아무도 뭐라 하지 않고 눈총도 주지 않는데 저 혼자 주눅이 들어 진땀까지 난다 엘리베이터 안에서는 갑자기 시간이 멈춘다 엘리베이터에서 내리며 비로소 안도한다

뜬금없는 여름이 얼굴을 붉히고 있다

제4부

탈출 그 후

밖으로 나온다는 것은
제 몸을 감고 있는
그물에 걸려 있던 시간들을
방생하는 일이다

모서리를 잃어버린 삼각뿔 같은 기억들은
물그림자로 어른거리고
그물 속 새빨간 물고기 한 마리
자유영을 한다

쉼 없이 흐르는 강물 위
시점이 겹쳐지는 곳에
원점의 설렘으로
흔들리지 않는 중심이 있다

아주 오래 전에 빚은 빗살무늬토기가
눈웃음을 짓는다

껍질은 부끄럽다

머문 자리마다
껍질 떼어 놓으면
가까운 어느 날
껍질만 남게 된다

껍질은 알몸보다 부끄럽다

잠시 빌어 사는 이승에
유언인 양 껍질 두고 가는 건
아무래도 흉물스러워

껍질일랑
큼지막한 주머니에 주워 담자

부끄러운 것을 남겨서는 안 된다
알몸만으로도 부끄러운 우리가
더 부끄러워져서는 안 된다

천혜향을 먹으며

이렇게 한 꺼풀만 벗고도
황홀한 향기로 터지는
주먹만 한 천혜향

겨우 한 조각만으로도
달콤한 속마음 다 주는
노오란 천혜향

껍질을 벗어야 향기가 있고
껍질을 벗을 수 있어야
향기가 생기는데,

난, 몇 겹의 껍질을 벗어야
꽃비 내리는 향기 가질지
난, 몇 조각으로 부서져야
속 맑은 샘물이 될지

한 입 베어 문 천혜향
천상의 향기로
나를 씻어내고 있다

섬

시퍼런 바다 한복판
가까이 손잡을 이웃도 없이
홀로 하늘 바라기 하는
섬

파도란 파도는 다 와서
제 기분대로 와글거리다
제 풀에 풀어져
슬그니 돌아서 버리고

바람이란 바람은 모두 들러
이리 치고 저리 밀다
저들끼리 맞부딪쳐
스르르 흩어져 버리고

뼛속으로 돋는 신열身熱
조금씩 가라앉히고
무심無心으로 솟아
이따금 갈매기만 떠라

멀리 돌아오는 아침 햇살에
부신 눈 다독거리며
바다의 전설을 품은

전주 홍련

7월에 전주까지 와서
덕진공원 홍련을 안 보고 가는 건
쓸데없는 반칙이다
비빔밥으로 비벼지지 않는
밍밍하게 쏘는 맛이 있어
한술 뜨고 가야 한다

전주 덕진못이 고향인 홍련은
진흙 덩이는 다 가라앉히고
속까지 비운 줄기 하나에
큰 꽃 한 송이씩만 올려
부처님마저 유혹하는 지조로
거룩하게 요염하다

눈으로는 다 담아지지 않는
홍련의 사설辭說이
더운 바람에 실려
나그네의 맥박으로 뛴다
당신이 내 맘 알까
출가 중인 고요가 속삭인다

덕진못가에 서있다가
불쑥 홍련이 내미는 손에 놀라
셔터를 누른다
갑자기 꽃이 해해거린다
나도 같이 해해거린다
사람이 꽃이 되는 순간이다

밤길

달빛 검은 밤
벌레 우는 소리를 이정표 삼아
길을 가보라

길이
길 아닌 것과 뒤섞여
마른 수풀이 발을 묶는
보이지 않는 길을 가보라

손 붙들 친구도 없이
짐작으로 눈 옮겨 두며
어둠 속에 숨어있는 길을 가보라

보이지 않는 길을 가는 것은
처음 가보는 길보다 어렵다
길 끝을 당기고 있는지
길 위에 머물고 있는지
길 밖에서 서성이고 있는지
알 수 없어
밤길은 언제나 망설여지는 것이다

바람 속에서

바람 속에 서면
누구라도 흔들린다
한 계절을 살다가는 풀꽃도
수백 년을 살아온 은행나무도
그리고 우리도

흔들리며 흔들리며
주어진 날들을 살아낸다
넘어지기도, 부딪히기도 하지만
속대 같은 꿈을 꾸면서

흔들리며
흔들리며
하늘을 입에 꽉 물고
튼튼한 나이테를 더한다

살아있는 것은 모두
바람의 힘으로 산다
살아있는 것은 모두
흔들린다. 살기 위하여

바위 이야기

혹시 아시는지요
평생 병치레 모를 것 같은 바위도
몰래몰래 아프다는 걸
꽃이 질 때마다 함께 누워
시름시름 앓는다는 걸

혹시 아시는지요
깊은 밤마다 참았던 숨 한목에 내고
폭폭 주저앉는다는 걸
어둠을 살짝 치고 가는 빗소리에도 깜짝 놀라
툭툭 헛웃음 털어낸다는 걸

아마 모르시겠지요
온종일 무표정으로 울다가 웃다가
마음 갈피 잃고 소르르 무너지고 있다는 걸
하루도 걸러지지 않는 세상 멀미에
단단한 몸 와자작 부서지고 있다는 걸

모르시지요
끝없는 세월 속에 풍장하고

그저 어쩌다 인연 닿은 작은 씨앗이나 하나 묻어
뿌리 내려주고 꽃대 올려주며
새로 한세월開歲月 산다는 걸

경건한 죽음

속수무책 발끝까지 젖어보아야
온몸 마디마디 떨어보아야
가을이 가는 걸 알 수 있다

젖을수록 선명해지는 시간의 흔적과
떨수록 탄탄해지는 생명의 심지
가을이 갈 때쯤 알 수 있다

가을비에 눈을 씻고 만나는
펄떡이는 붉은 심장
그리고 경건한 죽음

들숨 날숨 다 파하고
스스로 완전연소하는 선사처럼
가을이 가고 있네요, 비를 맞으며

담쟁이덩굴이 있는 집

담쟁이덩굴이 있는 집엔
오래된 이야기가 있을 것 같아
참 좋다
덩굴 사이사이로
욕심 없는 웃음소리가 들려오는 것 같아
참 좋다

그 집엔
가냘픈 몸 서로 기대어
하늘을 품는
담쟁이 닮은
참 좋은
사람들이 살고 있을 게다

담쟁이가 덩굴진 집엔
무뚝뚝한 벽이 사라져
맘 넓은 주인이
처음 본 이도
참 반갑게
맞아줄 게다

나무의 밤

깊은 밤, 숲에 들어가 보라
나무들이 말하는 소리를 들을 수 있다

천성이 사려 깊은 나무는
밤을 기다리는 게 버릇이 되어
온종일 참다가 잠들기 전에야
살살 소곤거린다

낮 동안 달아오른 몸뚱이에
서늘한 나이테를 걸치고
천천히 숨 고르기를 하는
속마음이 가늠 안 되는 나무

잘 몰라서 그렇지
나무도 큰소리칠 줄 알아
비명 지를 줄도 알고
파안대소할 줄도

깊은 밤, 숲으로 가
나무의 밀어를 들어보라

나무는 밤마다 새로 생긴 옹이를 토닥거린다
'좋은 밤이야, 이제부터 쉬면 돼'

늘 그렇듯이 나무의 밤은
무채색 저음으로 익어가고 있다

바다 풍경화

파도가 갈라지는 걸 보았나요
갈라진 혀끝에 독을 품고
성을 내며 달려들다 급기야
제 몸 있는 대로 찢어
생명 있는 것마다 겁박하고
생명 없는 것도 몰아세우곤
한바탕 통곡하는

파도가 말라가는 걸 보았나요
분에 못 이겨 거품 물고
허옇게 눈 흘기다 기어코
제 몸 산산조각 내고
멀리 있는 것까지 끌고 와 팽개치고
눈앞에 있는 것 할퀴곤
소르르 주저앉는

파도가 착해지는 걸 보았나요
두툼한 섬 허리를 붙잡고
가쁜 숨 돌리다 결국엔
제 몸 벗어버리고

으르렁거리던 소리도 조용해지고

치켜 올라간 눈매도 내려와

결국 섬이 돼버리는

여백과의 동행
—교토 압천鴨川에서

겨울, 교토에 가면
아흔이 넘은 칸세후 씨가
6시간이나 걸려서 만든 가라스펜으로
엽서를 쓸 때의 두근거림이 있다

교토를 품은 압천 풍경은
겨울인 듯 아닌 듯
1월 둘째 주 월요일 성인식이 끝나고
삼삼오오 시조오하시를 건너는 젊음엔
기온보다 화려한
꽃무늬 후리소데 기모노가 딸가닥거린다

해 저문 압천 십 리 벌을 걸으며
카페 프란스를 찾는 지용의 싸늘한 고뇌와
육첩방조차 남의 나라였기에
한 줄 시 쓰는 일이 부끄러웠던
가느다랗게 떨리는 동주의 순결을
조심스레 소환한다

압천에 토해 버린 설움과

압천에 흘려보낸 그리움과
압천에 던져버린 안타까움과
압천에 풀어버린 슬픔은
이제 도시샤대학 시비詩碑로 서서
꿈에도 잊히지 않을 여백을 그리고 있다

겨울, 교토에서는
압천에서는
여백으로 남은 것들과 동행하는
날 선 질감의 떨림이 있다

스마트 풍경 하나

지하철 옆자리에 앉은 노신사가
말없이 스마트폰으로 문자를 보내고 있다
'지금 충무로역이네. 조금만 기다리게.'

스마트폰 케이스 안쪽에 붙어있는 작은 쪽지 한 장
'言食少 思行動'
본능과 이성의 스마트한 타협이다

마침내 충무로역
다림질이 잘된 지하철 풍경 하나가
스마트하게 하차한다

과녁, 거리에 대한 설렘

자동차 백미러의 무심한 고백
'사물이 보이는 것보다 가까이 있습니다.'
택시 문의 친절한 주의
'내리실 때 오토바이를 조심하십시오.'

붉은색 하나로만 그림을 그리는 이세현 화가
1호 세필과 면봉으로 덜어낸 붉은색 뒤로
그가 사랑한 사람들과 바다 풍경이 있다는 걸
한 걸음, 두 걸음 떨어져서 보아야 알 수 있다

과녁을 겨누는 양궁 선수의 손끝에서
10점짜리 거리가 날아간다
온몸을 떠는 명중의 유희
가까이 가봐야 알 수 있다

함부로 닿음을 거부하는
무시무시한 정조
때론 조금 가까이, 때론 조금 멀리
그래야 두근거리는 거리가 생긴다

풀

"살아있는 것은 모두/ 바람의 힘으로 산다 /
살아있는 것은 모두/ 흔들린다. 살기 위하여"

문종필(문학평론가)

체질하던 날

한 권의 시집이 세상에 나온다는 것은 시집에 대한 혹평이
나 호평과는 상관없이 그 자체로 의미 있는 일이다. 시집 속
에 담긴 언어가 거짓 없는 진솔한 이야기라는 점에서, 당신에
게 말할 수 없는 언어들이 신중하게 모인 집합체라는 점에서,
새로운 시집을 읽는 행위는 고맙고 고마운 일이다.

시집 속에 숨겨진 고백은 가벼운 것에서 시작되지만, 가볍
게 걸어간 발걸음은 점차적으로 큰 힘을 얻게 된다. 누군가는
사회적 반향을 일으킨 시집만이 좋다고 생각할 수 있겠으나,

꼭 그렇지는 않다. 한 시집이 태어나 단 한 사람의 마음을 반성하게 하고 누군가의 삶을 되돌아보게 했다면, 문단의 평판과 판매 부수와 상관없이 그 자체로 유의미하다.

당신의 닫힌 마음을 여는 순간은 세상을 바꾸는 기적과도 같은 것이어서, 고백을 통해 당신의 마음을 회전할 수 있었다면 이 행위 자체는 경이로운 사건과 다름없다. 「Arrival」*에서 언어학자 루이스가 세상을 구한 것도 특별한 것이 존재해서가 아니다. 그녀가 세상을 구한 것은 역설적이게도 진솔함이 담긴 한 통의 전화였다. 이러한 기적은 합리적인 논리로 완성되는 것이 아니며 이성적인 목소리로 채워지는 것도 아니다. 오히려 소소한 한 개인의 수줍은 목소리에서 시작된다. 모기의 작은 날갯짓에서 시작되는 사소한 몸짓이자, 사소한 부탁에서 출발한다.

첫 시집이 나오기까지 한 시인이 걸어온 길을 생각한다. 힘겹게 "체질"(「시인의 말」)하던 날들을 떠올려 본다. "자동차가 웅덩이 물로 나를"(「얼룩의 비애」) 아프게 했던 날들을 헤아려본다. "보이지 않는 길"(「밤길」)을 조심스럽게 걷던 시간을 셈해 본다. 밥을 "그저 끼니"(「겸상을 차리다」)로 때우던 날을 짐작해 본다. "밤마다 이루어지지 않는 꿈"(「스마트폰도 힘이 들어」)을 꾸던 시인의 불안을 요량해 본다. "엉클어진 문제"(「평행선의 공포」)를 안고 고민하는 그의 이마를 쓰다듬어 본다.

---

* 2017년 초에 한국에서 개봉한 「컨택트」는 다양한 해석을 품고 있는 영화이다. 여기서는 극적인 장면을 표현하기 위해 고백의 지점을 인용했음을 밝힌다. 이 영화에 대한 깊이 있는 해석은 황현산 선생님의 「시간과 기호를 넘어서서 1, 2」를 참조할 수 있다.

중심

중심을 잡는 일은 쉽지 않다. 저쪽과 이쪽 입장이 각자 절박한 상태에서 분출된 진정성 있는 목소리라면 더욱더 중심 잡기가 만만치 않다. '이쪽'에서도 모든 것을 걸었고, '저쪽'에서도 모든 것을 걸었다면 어느 쪽의 편을 들어야 할지 도무지 알 수 없다. 기준을 정해야만 할 것 같다. 기준이 정해져 있어야만 둘 중 하나를 선택할 수 있을 것 같다. 하지만 '기준' 자체를 정하는 것도 쉽지 않다. '자유'에 기준을 두어야 하는가. '사랑'에 기준을 두어야 하는가. 주체가 품고 있는 '생명'에 기준을 두어야 하는가.

중심 잡기의 난관은 여기서 그치지 않는다. 기준이 정해져 있어도 '이행'하는 것은 조금은 다른 문제이기 때문이다. 최동희 시인의 첫 시집에서 확인할 수 있는 여러 모습들 중 가장 먼저 만날 수 있는 것은 '중심'을 잡는 일이다. 시인은 무슨 이유로 "공정한 중심"(「줄다리기」)을 지키고자 노력했고, 늘 "내 고민은 항상/ 이쪽도 저쪽도 아니라는 데 있다"(「변명」)고 말한 것일까.

시인은 그 이유를 '이쪽'과 '저쪽'이 모두 맘에 안 들고, 성에 차지 않는다고 말한다. "저들끼리 맞수 다툼을 하고/ 난 그 사이에서 숨이 막혀/ 몸을 틀어볼 생각도 못 한다"(「변명」)고 불만을 토로한다. 하지만 시집에서 확인할 수 있는 시인의 성품을 생각해 보았을 때, 보다 근본적인 이유가 있을 것 같다.

아무리 봐도 잡초 하나 없다

잡초 한 뿌리 거두지 않는 땅엔

함부로 발을 딛기가 어렵다

볕 자락을 마르고 바람 조각도 재서

꼭 필요한 만큼만 부려

한 치의 틈도 없을 게 분명하다

나는 그다지 까다롭지 않고 싶다

나보다 먼저 자라는 잡초들 틈에서

애써 키 재기 하지 않고

그냥 그네들과 어우러져

때로 섣부른 볕에 잔뿌리로 뒹굴기도 하고

지나가는 바람에 맨살을 부딪치기도 하면서

한결 엉성해진 풀밭에

잡초들의 자유가 푸르다

—「풀밭의 철학」 전문

    시인은 그 누구에게도 까다롭게 대하고 싶지 않다. 그 누
구와도 키 재기 하는 것을 원하지 않는다. 시인은 다툼 없이
이웃과 함께 어울려 살고 싶어 한다. "섣부른 볕에 잔뿌리로
뒹굴기"도 하고, "지나가는 바람에 맨살을 부딪"치며 유익한
생을 살고자 한다. 따라서 시인이 어느 한 입장에 선뜻 기울
지 못했던 이유를 우리는 짐작할 수 있다. 그것은 '이쪽'과 '저

쪽' 모두를 보듬으면서 더 나은 '쪽'에 놓인 이로움 때문이다.

　이러한 시인의 태도는 "저희들끼리 사이좋게"(「즐겨찾기」) 지내는 삶을 꿈꾸는 것과 관련 있다. 그렇기 때문에 중심을 더욱더 '중심'이게 해주는 "비스듬한 중심"(「기울기」)을 시인은 갈망했는지 모른다. 시인이 중심을 지키고자 한 배경에는 이러한 '질서'가 숨겨져 있다. 하지만 이 중심이 무너지는 경우가 있다.

　　천년 고도 경주가 흔들렸다
　　바람도 없는데 흔들린다는 건
　　얼마나 두려운 일인지

　　별자리가 출렁이며
　　갈라지고 떨어지고 부서지고
　　오랜 묵언수행의 금기가 깨지고 있다

　　살다 보면
　　침묵을 끝내야 할 때가 있다
　　내내 혼잣말로 중얼거리다가
　　야무지게 한마디 해서
　　산천초목조차 떨게 할 필요가 있다

　　고개 들고 서있던 사람들이
　　겁에 질려 납작하게 엎드리고

비명마저 울렁거린다

실핏줄을 타고 흐르는 진동이
착하디착한 심장을 조여온다
집을 버리고 거리로 뛰쳐나오는 공포

늘 바람 속에서
내가 나를 흔들며 살아왔기에
바람도 없는데 그냥 흔들린다는 건
얼마나 낯선 일인지

지금 경주는 확실한 경고 중이다

　　　　　　　　　　　　　　―「경고」 전문

　이 시에서 시인이 침묵을 끝내야 한다고 강조한 것은 움켜
쥐고 있던 가치관을 펴는 행위와 무관하지 않다. 시인은 중심
'잡기'를 갈망하며, "허술하게 사는"(「약점」) 삶을 긍정했지만,
때론 "산천초목조차 떨게 할" 정도의 큰 소리를 낼 때도 있어
야 한다고 강조한다. 이처럼 중심 잡기는 쉽지 않다.

갱신

　어떤 사실이나 사건을 이해하는 것과 그 사건을 직접 만져

보는 것은 다르다. 이해하는 것은 사실과 현상을 반성하게 하지만, 그 대상을 느끼게 된다면 행동이 반성에서 멈추는 것이 아니라 반성을 반성하게 만든다. 그래서 부끄러움을 느끼는 순간은 '나'를 갱신하게 하고, 나와 다른 타자를 끌어안게 만든다. 이 감정을 최동희 시인은 손에 쥐고 있다. 이 완력은 '부끄러움'을 반복하는 과정 속에서 더욱더 단단해진다.

시인은 "난, 몇 겹의 껍질을 벗어야/ 꽃비 내리는 향기 가질지/ 난, 몇 조각으로 부서져야/ 속 맑은 샘물이 될지"(「천혜향을 먹으며」) 스스로에게 질문했고, "부끄러운 것을 남겨서는"(「껍집은 부끄럽다」) 안 된다며 스스로를 구속했다. "한 줄 시 쓰는 일이 부끄러웠던"(「여백과의 동행」) 선배 시인을 닮고자 노력했다.

지하철에서 일어난 사소한 것에서도 부끄러움은 발동한다. 자신이 앉아있던 자리에 환한 미소를 지으며 한 청년이 앉게 되자 "나는 눈치도 없이/ 너무 질기게 앉아있었나 보다"(「눈치」)라고 부끄러워한다. "장애인과 노약자를 위한 지하철 엘리베이터"(「양심의 형식」)를 타고 난 후, 얼굴이 붉어져 들지 못한다. 자신의 그림자를 보고 도망치는 참새에게 "자꾸만 자꾸만 미안해"(「참새에게 하는 변명」)한다.

내가 없는 동안 내 집엔 거미가 살게 되었다
곳곳에 정교한 바리케이드를 치고 모습을 감춘 채 음산한
분위기로 나를 위협한다 완전히 불법 침입자 취급이다
갑자기 낯설어진 내 집에서 당황한다 말없이 나를 몰아내

고 내 집을 차지한 뻔뻔함에 어이가 없다

　나도 전열을 가다듬고 바리케이드를 제거한다 잠복 중인
거미는 끝내 나를 외면한다 이기고도 진 듯한 기분 나쁜 느
낌이 몸 전체를 친친 감는다 마지막으로 한 번 더 온 집 안
을 샅샅이 수색해 본다 그러나 적은 이미 레이더망을 빠져나
간 것 같다

　거미 찾기를 포기하고 무책임한 창문을 연다 연한 바람이
불어오고 봄 햇살이 무심한 척 어깨를 토닥인다 발끝까지 전
해지는 온기에 온몸이 떨린다 엉성했던 뼈마디마다 채워지는
향기가 탄탄하다

　나 없는 동안 내 집에서 살아준 거미가 잘못한 게 무엇일까
문득 거미가 숨어버린 게 참으로 다행이라는 생각이 든다
　　　　　　　　　　　　　　　　　　　—「거미」 전문

　시인은 자신의 집에 몰래 침입한 거미가 불쾌하다. 거미가
자신을 위협한다고 생각한다. 시인에게 거미는 무단 침입자
에 불과하다. 화가 난 시인은 거미집을 제거하고, 거미가 사
라지길 바란다. 하지만 거미가 어디에 있는지 확인되지 않는
다. 어쩔 수 없이 창문을 연다. 그때, 바람이 시인의 어깨를
때린다. 시인은 반성한다. "나 없는 동안 내 집에서 살아준
거미가 잘못한 게" 없음을 뒤늦게 깨닫게 된 것이다. 집 없

는 거미가 시인의 집에서 살아간 것이 아니라, 시인의 집에서 살아준 것임을 알게 된 것이다. 이 반성 이후, 거미는 침입자의 신분을 벗어난다.

이처럼 시인은 부끄러운 감정을 중요시할 뿐만 아니라, 자신의 몸을 통과해 자기'화'할 줄 안다. 거리감을 지닌 채, 부끄러운 감정 상태를 부끄럽다고 말하는 것과 부끄러운 감정을 스스로 통과하는 것은 다르다. 전자는 부끄러운 감정 상태가 곧바로 휘발되지만, 후자는 부끄러운 감정을 육화시켜 시인의 몸을 오래도록 감싼다. 그가 "부끄러움은 오지에서 발견되는 공룡 화석일 뿐"(「부끄러움에 대하여」)이라고 '부끄러움'이 사라진 이곳의 현실을 한탄한 것은 바로 이 때문이다.

시선

부끄러움을 느낄 수 있는 사람은 높은 곳에서 타자를 바라보지 않는다. 낮은 곳에 머물러 낮은 것들과 높은 것들 사이에 놓인 벽을 허문다. '나'와 '당신' 사이에 놓인 장애물을 무력화시킨다. 지독한 편견을 물렁하게 만든다. 살아있는 것들을 동일하게 만든다.

산을 높이 오를수록
사람 사는 곳이 점점 아득하게 보인다
저마다의 형체와 빛깔이 망가져

물감이 옅게 번진 그림처럼

대관절 아늑하다

갈라진 벽 틈을 파고드는 바람도 보이지 않고

배추를 뽑아내는 농부의 탄식도 들리지 않고

위로가 필요한 사람들의 축축한 손도 잡을 수가 없다

산을 천천히 내려가면

누더기 진 하늘이 갑자기 눈을 가린다

궁색한 모양과 얼룩진 색이 드러나

몽당연필로 눌러쓴 글씨처럼

도대체 허술하다

삐걱거리는 문을 여닫는 해쓱한 얼굴들이 보이고

두꺼운 옷을 입고도 덜덜 떠는 소리가 들리고

굳은살 딴딴한 이웃들의 어깨도 도닥거려 볼 수 있다

아무렇게나 자란 풀더미 헤치고

조금 더 가까이 다가가

웃음도 섞고 눈물도 나누면서

억척스러운 그림 속으로 들어가 보자

높은 곳에서는 만져지지 않는

뻐근한 아픔과 쏠쏠한 즐거움에

자꾸만 어지럽다

—「어떤 그림」 전문

시인은 산에 높이 올라갈수록 시야에서 멀어진 것들에 관심을 보인다. 높이 올라갈수록 작아진 대상을 만질 수 없다는 사실에 아파한다. "갈라진 벽 틈을 파고드는 바람"과 "배추를 뽑아내는 농부의 탄식" "위로가 필요한 사람들의 축축한 손"을 잡을 수 없다는 사실에 속상해한다. 하지만 산을 내려오는 과정 속에서 이 감정은 서서히 물러난다. "해쓱한 얼굴"을 바라보게 되고, "두꺼운 옷을 입고도 덜덜 떠는" 소리를 들을 수 있게 된다. "굳은살 딴딴한 이웃들의 어깨"를 도닥거릴 수 있다는 사실에 안도를 표현한다. 시인은 이러한 두 측면을 "뻐근한 아픔과 쏠쏠한 즐거움" 사이를 오고 간다고 적는다.

여기서 시인이 "쏠쏠한 즐거움"이라고 표현한 것은 선뜻 이해가 되지 않을 수도 있다. 이 시에서 즐거운 장면은 찾기 힘들기 때문이다. 하지만 이 구절은 연민의 정서에서 확인되는 안도감이다. 이 감정이 복잡했는지 모른다. 시인이 그 다음 행에 "자꾸만 어지럽다"고 표현한 것은 이를 증명한다.

이러한 태도는 "예쁘게 울 수"(『피카소의 〈우는 여인〉』) 없는 터진 울음을 바라보게 하고, 수백 년을 고독하게 버틴 바위의 삶을 생각하게 한다. 작고 보잘것없는 존재를 무시했던 사람들에게 "작은 꽃이라고 얕보지 마라"(『제비꽃』)라며 쓴소리하게 한다.

부지런한 아저씨가
아침 햇살을 어깨에 걸고

뿌리째 잡풀을 뽑아 한옆으로 던진다
말없는 비명이 눕는다
제초기 칼날에 몸이 베인 풀들이
시퍼런 얼굴로 넘어진다

무력한 생명의 진한 분노
풀밭을 진동하는 비린내가
아침 공기를 폭식하고
한동안 씩씩거린다

엉겁결에 목숨 부지한 풀들이
살짝 고개를 든다
건재함의 확실한 증거

삶과 죽음의 갈림길에서 만나는
향기 또는 냄새
딱 한 끗 차이다

―「냄새와 향기 사이」

이 시에서는 낮고 보잘것없는 대상으로 풀이 놓인다. 이
풀은 몸이 잘리자 비명을 지른다. 진득한 풀 향기는 가슴 아
픈 현장을 가득 채운다. 이 현장에서 '나'와 '당신' 사이에 놓
인 구별은 사라진다. 벽을 쌓고자 노력한 태도는 어리석은
것으로 간주된다. 우리는 삶과 죽음 사이에 놓인 한 떨기 작

은 풀잎일 뿐이다. 죽음의 끝에서 우리 모두는 평등해진다.

봄

최동희 시인의 첫 시집은 '부끄러움' 속에서 탄생했으며, 부끄러움을 밀고 나가는 과정 속에서 '나'를 극복하고 더 나아가 '우리'를 극복하게 만든다. 중심을 중심답게 만든다. 부끄러운 감정은 어떤 무기보다도 강력하다. 이 감정은 '벽'을 허물고, '경계'를 지우고, '편견'을 무력화시킨다. 최동희 시인은 이 지점을 붙들고 있다. 이 시집의 미덕은 이곳에서 싹튼다.

시집을 읽으며 독자들은 부끄러운 '감정'과 부딪쳐야 한다. 내 안에 있는 부끄러운 감정과 맨얼굴로 조우해야 한다. 그럴 때, 시집은 따뜻한 온기를 품고 다가오는 봄을 맞이할 것이다. 사월의 봄도 이제 얼마 남지 않았다.

천년의시인선